LOS CUENTOS DEL DEL CERDITO OLIVER

LOS CUENTOS DEL DEL CERDITO OLIVER

Jean Van Leeuwen
Ilustrado por Arnold Lobel
Traducido por María A. Fiol

PENGUIN EDICIONES

PUFFIN BOOKS
Published by the Penguin Group
Penguin Books USA Inc., 375 Hudson Street, New York, New York 10014, U.S.A.
Penguin Books Ltd, 27 Wrights Lane, London W8 5TZ, England
Penguin Books Australia Ltd, Ringwood, Victoria, Australia
Penguin Books Canada Ltd, 10 Alcorn Avenue, Toronto, Ontario, Canada M4V 3B2
Penguin Books (N.Z.) Ltd, 182–190 Wairau Road, Auckland 10, New Zealand

Penguin Books Ltd, Registered Offices: Harmondsworth, Middlesex, England

First published in the United States of America by Dial Books for Young Readers, 1979
Published in a Puffin Easy–to–Read edition, 1993
This Spanish translation published in Puffin Books, 1996

1   3   5   7   9   10   8   6   4   2

Text copyright © Jean Van Leeuwen, 1979
Illustrations copyright © Arnold Lobel, 1979
Translation copyright © Puffin Books, a division of Penguin USA Inc., 1996
Translation by María A. Fiol
All rights reserved

THE LIBRARY OF CONGRESS HAS CATALOGED THE ENGLISH EDITION AS FOLLOWS:
Van Leeuwen, Jean
Tales of Oliver Pig/Jean Van Leeuwen;
pictures by Arnold Lobel.
"Reading level 1.9"—T.p. verso.
"First published in the United States of America by Dial Books for Young Readers,
a division of Penguin Books USA Inc., 1983"—T.p. verso.
Summary: Five adventures of Oliver Pig with his family.
ISBN 0–14–038111–2
[1. Pigs—Fiction. 2. Family life—Fiction.]
I. Lobel, Arnold,ill. II. Title. III. Series.
PZ7.V3273Tal 1993
[E]—dc20   93–2720   CIP   AC

Printed in the U.S.A.

Puffin® and Easy–to–Read® are registered trademarks of Penguin Books USA Inc.

Para David,
el verdadero cerdito Oliver

ÍNDICE

DÍA DE HORNEAR

–Hoy –dijo Oliver–,

quiero hacer un hoyo bien hondo.

Y después te voy a hacer un pastel de arena.

–Hoy no es un buen día para estar

afuera –dijo Mamá–.

El día está frío y húmedo.

–Entonces, ¿qué puedo hacer?

–preguntó Oliver.

–Ven a la cocina

–dijo Mamá.

En la mesa de la cocina

había un tazón amarillo.

–Hoy –dijo Mamá–,

es un buen día para hornear.

–¿Qué vamos a hornear?

–preguntó Oliver.

–Galletitas de avena –dijo Mamá.

–¿Con pasas? –preguntó Oliver.

–Con muchas pasas

–contestó Mamá.

Mamá sacó los ingredientes

de la alacena.

–¿Qué le pondremos

a las galletitas?

–preguntó Oliver.

–Un poco de mantequilla –dijo Mamá–,

y un poco de azúcar.

–¿Lo puedo mezclar todo?

–preguntó Oliver.

–Sí –contestó Mamá.

Oliver comenzó a revolver.

–¡Agú! –dijo Amanda.

Mamá le dio a Amanda

una taza y una cuchara.

Y ella empezó a revolver.

–Ahora, le añadiremos un huevo

–dijo Mamá.

Oliver mezcló el huevo

hasta que desapareció la yema.

–Y por supuesto, la avena

–dijo Mamá.

Oliver la unió a todo lo demás.

–Y una taza de harina y un poco

de polvo de hornear –dijo Mamá.

Oliver revolvió y revolvió,

hasta que la harina se esparció

por la mesa y le cayó encima.

–¡Este trabajo es muy difícil! –dijo Oliver.

–Sí –dijo Mamá–.

Pero eres un buen ayudante.

Amanda comenzó

a echarse harina por encima.

–Ahora, las especias –dijo Mamá.

Oliver añadió una pizca de nuez moscada,

una de clavo

y otras dos de canela.

–Necesitamos algo más

–dijo Mamá–.

¿A qué no adivinas qué es?

–¿Serán las pasas? –preguntó Oliver.

–¡Eso mismo! –contestó Mamá.

Y colocó dos puñados

de pasas sobre la mesa.

–Éstas son para las galletitas

–dijo ella–,

y éstas para mi ayudante.

–¿Agú? –dijo Amanda.

Mamá colocó dos puñados de pasas

en la bandeja de Amanda,

y ésta se las comió todas.

–Ya la masa de las galletitas está lista

–dijo Mamá.

Oliver preparó unas bolitas con la masa.

Mamá las colocó en la bandeja

de hornear.

—¿Qué se hace ahora? —preguntó Oliver.

—Ahora hay que hornearlas —dijo Mamá.

Mamá metió las galletitas

en el horno.

–¿Qué quieres hacer mientras

se hornean las galletitas?

–preguntó.

–No quiero hacer nada –dijo Oliver–.

Esperemos a que estén listas.

Mamá, Oliver y Amanda

se sentaron a la mesa de la cocina.

Escuchaban la lluvia

que caía afuera,

mientra les llegaba el dulce olor

de las galletitas en el horno.

–Ahora me siento feliz –dijo Oliver.

–¿Por qué? –le preguntó Mamá.

–Porque tú y Amanda

están aquí–.

Además, no tengo frío,

ni estoy mojado.

¡Qué bien me siento cerca del horno!

–¡Por eso me gusta tanto

el día de hornear! –dijo Mamá.

UN MAL DÍA

–Estoy construyendo un camino

–dijo Oliver–.

Y Amanda no puede tocarlo.

El camino de Oliver

atravesaba todo el sofá.

Tenía puentes, túneles,

una gasolinera y un estacionamiento.

Oliver colocó allí los carritos y camiones.

–Ahora, ya todos están estacionados

–dijo él–, pero han quedado atascados.

Amanda cogió el carrito de carrera.

–¡No! –dijo Oliver.

Y Amanda empezó a llorar.

–Oliver, –dijo Papá–

pórtate bien y deja que

Amanda juegue con el carrito.

–No –dijo Oliver–.

Todos los carritos son míos.

Después del almuerzo, Oliver

sacó su libro de dinosaurios.

–Léemelo –dijo.

Papá y Oliver leyeron juntos,

sentados en el sillón.

Amanda leía en el piso.

Oliver se bajó del sillón

y cogió el libro de Amanda.

—Quiero leerlo —dijo Oliver.

Amanda empezó a llorar.

—Oliver, —dijo Papá—

pórtate bien y comparte

tus libros con Amanda.

—No —dijo Oliver—.

Los libros son míos.

Después que terminó de leer,

Oliver cogió todos sus bloques.

–Voy a construir

un rascacielos –dijo–.

Va a tener veinte pisos de altura.

Amanda, vete de aquí.

Oliver empezó a construirlo,

mientras Amanda lo miraba.

El rascacielos era muy alto.

Amanda se puso de puntillas

para colocar un bloque en la punta.

–No –dijo Oliver.

Quitó el bloque

y el rascacielos se derrumbó.

–¡No, no, no, no, no! –gritó Oliver.

Amanda empezó a llorar.

Papá los abrazó a los dos.

–Ella tumbó mi rascacielos

–dijo Oliver.

–Sólo trataba de ayudarte

–dijo Papá–. ¿No sería bueno

que se ayudasen el uno al otro?

–No –dijo Oliver–. No es nada bueno.

Amanda y tú han tenido

un mal día –dijo Papá–.

Quizás cuando cenen se sentirán mejor.

En la mesa había

espagueti con albóndigas de carne,

guisantes, pan y mantequilla.

–Ésta es la cena que más me gusta

–dijo Oliver–. Sírveme bastante.

Papá, Mamá y Oliver

comenzaron a comer.

Pero Amanda no comía.

–Abre la boca

y cierra los ojos

–dijo Papá–.

Te voy a dar

una sorpresa deliciosa.

Amanda abrió la boca

y cerró los ojos.

Papá le dio una albóndiga.

Amanda la escupió.

–Tal vez le estén saliendo

las muelas –dijo Mamá.

En el plato de Oliver quedaban

dos guisantes. Se comió uno.

–¡Mmm, qué rico! –dijo.

Colocó el otro en

el plato de Amanda.

Ella miró a Oliver

y se comió el guisante.

Oliver puso un espagueti

en el plato de Amanda,

y ésta se lo comió.

Luego, colocó una albóndiga

en el plato de Amanda.

–¡Mmm! –dijo ella,

y se la comió toda.

–¡Mira eso! –dijo Papá–,

parece que Oliver encontró

el secreto para hacer

que Amanda coma.

–Creo que sí –dijo Mamá.

Oliver se rio.

Amanda también se rio.

Entonces, Oliver le dio a Amanda

el pan y la mantequilla

que había dejado para el final.

LA VISITA DE ABUELA

–¿Hay alguna carta para mí?

–preguntó Oliver.

Mamá sacó las cartas del buzón.

–Hay una carta aquí para

 la Familia del Cerdo Benjamín

–dijo ella.

–¿Soy yo también de la familia?

–preguntó Oliver.

–Sí –dijo Mamá.

Mamá, Oliver y Amanda
leyeron la carta. Decía así:
"Queridos míos: Estoy encantada
de que me hayan invitado.
Llegaré el jueves
a tiempo para la cena.
Cariños. Abuela".
–¡Ay! –dijo Mamá–.
Hoy es jueves.
Tendré que trabajar rápidamente
para recibir a Abuela.

–Yo te ayudaré

–dijo Oliver.

–Primero, vamos a limpiar

la habitación de Abuela

–dijo Mamá.

Mamá barrió el piso,

y Oliver limpió las mesitas.

Amanda limpió debajo

de la cama con su barriguita,

y encontró la pieza del rompecabezas

de Oliver, que se había perdido.

–Recojan unas flores

para Abuela –dijo Mamá.

Oliver y Amanda recogieron

unos pensamientos del jardín.

Mamá los colocó en la mesita,

cerca de la cama de Abuela.

—A Abuela le gusta leer en la cama

—dijo Mamá.

Y colocó otra almohada en la cama.

Oliver cogió su libro de monstruos

y su elefante.

—Abuela puede leer

mi libro de monstruos —dijo—.

También puede abrazar mi elefante,

cuando se vaya a dormir.

–¡Qué bien! –dijo Mamá–.

El cuarto de Abuela

ya está listo.

Después del almuerzo,

empezaré a cocinar.

Oliver miraba a Mamá mientras cocinaba.

–¿Qué haces?

–preguntó él.

–Un pastel de cerezas –dijo Mamá–.

Es una sorpresa para Abuela.

–Yo también quiero prepararle

una sorpresa a Abuela

–dijo Oliver.

Oliver fue a su habitación,

preparó un pastel de pasas

y lo puso en el horno.

Luego cocinó otras cosas

para Abuela.

Preparó espagueti con albóndigas,

tostada con canela,

pudín de chocolate

y jugo de manzana.

–Ahora sí que estoy listo

para recibir a Abuela –dijo.

Un poco más tarde llegó Abuela.

–Todo está precioso

–dijo, al ver su habitación.

–La cena está lista –dijo Mamá.

–¡Qué bueno! –dijo Abuela–.

Estoy tan hambrienta como un oso.

Todos se sentaron a la mesa.

–¡Pastel de cerezas! –dijo Abuela–.

¡Qué sorpresa tan agradable!

–Yo también te preparé una sorpresa

–dijo Oliver–. Es un pastel de pasas.

–A mí me gusta mucho

el pastel de pasas –dijo Abuela.

Después de la cena,

Oliver llevó a Abuela

a su habitación.

Ella se sentó a la mesa

y se comió el espagueti con albóndigas,

la tostada con canela, el pudín

de chocolate, el jugo de manzana

y el pastel de pasas.

Más tarde, se sentó

en la mecedora

con Oliver y Amanda

sobre sus piernas.

–¿Abuela, todavía tienes tanta

hambre como un oso? –preguntó Oliver.

–No –dijo Abuela–.

Después de comer el pastel de cerezas,

el de pasas y abrazarte

a ti y a Amanda,

estoy completamente llena.

–Yo también –dijo Oliver.

LOS ABRIGOS PARA LA NIEVE

Oliver vio cómo caía la nieve.

–Quiero sentarme sobre

un montón de nieve –dijo–.

Quiero montar

en mi trineo.

Y dejar huellas en la nieve.

–Está bien –dijo Mamá–.

Vamos a prepararnos.

Mamá sacó los abrigos

para la nieve.

Oliver cogió el suéter

que Abuela le hizo.

Amanda sacó

todos sus suéteres.

–No, no –dijo Mamá.

Y los guardó.

Mamá ayudó a Oliver

a ponerse el abrigo para la nieve,

la bufanda y el gorro.

Y empezó a ponerle las botas.

Amanda cogió sus botas

y sacó todos los sombreros.

–No, no –dijo Mamá.

Y guardó los sombreros.

–Mira, –dijo Oliver–

me puedo poner las botas yo solo.

–Muy bien –dijo Mamá.

Mamá vistió a Amanda con el suéter,

el abrigo para la nieve y la bufanda.

–Mamá –dijo Oliver–.

No puedo caminar con mis botas.

–Te las pusiste al revés

–dijo Mamá–. Déjame ayudarte.

Amanda se puso el gorro.

Pero éste le tapaba los ojos.

–No, no –dijo Mamá–.

Amanda, ven aquí.

Amanda no veía

por donde caminaba y se cayó.

El abrigo para la nieve le pesaba

tanto, que no se podía parar.

Entonces, empezó a llorar.

–No llores, mi muñequita

–dijo Mamá.

Ella le dio un beso a Amanda,

y ésta dejó de llorar.

Luego, le empezó a poner las botas.

Oliver sacó el balde,

la pala, el camión de volteo

y la pala mecánica.

–Oliver,–dijo Mamá–

esos juguetes son para jugar en la

arena, no para la nieve.

Amanda cogió

el conejo de peluche

y el patito de juguete.

–No, no –dijo Mamá–.

Ésos tampoco son para jugar en la nieve.

Mamá los guardó todos.

–Ahora te ayudaré

a ponerte los mitones

–dijo Mamá.

–Yo puedo ponerme los míos solo

–dijo Oliver.

–Está bien –dijo Mamá.

–Mira –dijo Oliver–,

me puse los mitones

en las orejas.

–Oliver, tú sabes que los mitones

no se ponen en las orejas –dijo Mamá.

Y le arregló los mitones.

Entonces, levantó

a Oliver y a Amanda

y los sentó en el sillón.

—A ver si se están tranquilos,

—dijo ella— mientras me pongo

el abrigo y el sombrero.

Cuando Mamá regresó,

Oliver y Amanda

estaban sentados muy tranquilos.

Pero el gorro, la bufanda

y los mitones de Oliver, así como

el gorro, la bufanda

y los mitones de Amanda

estaban regados por el piso.

–¿Qué sucedió? –preguntó Mamá.

–Teníamos mucho calor –dijo Oliver.

Mamá se sentó en el sofá.

–¿Qué haces? –preguntó Oliver.

–Estoy llorando –dijo Mamá.

–No puedes llorar –dijo Oliver–.

Las mamás no lloran.

–Pues yo sí –le contestó Mamá.

Oliver se sentó en las piernas de Mamá.

–No llores, mamita –le dijo–.

Nos vamos a portar bien.

Amanda le dio un beso a Mamá.

Mamá se secó las lágrimas.

–No voy a llorar más –dijo ella–.

Vamos afuera.

–¡Viva! –gritó Oliver–.

Me voy a sentar sobre la nieve.

–Adiós –dijo Amanda.

¿DÓNDE ESTÁ OLIVER?

–Estoy escondido –dijo Oliver–.

Mira a ver si me encuentras.

Papá entró al cuarto.

Buscó en el clóset.

Buscó en el cajón de los juguetes.

Y debajo de la cama.

–No puedo encontrar a Oliver

–dijo Papá.

Buscó en la cama.

–¡Ajá! –dijo Papá–.

¿Qué son esas

dos orejas que veo?

¿Es un oso grande y pardo?

–No –dijo Oliver.

–Bueno –dijo Papá–,

¿serán acaso las orejas

de un elefante?

–No –dijo Oliver.

–¡Ah, ya sé! –dijo Papá–,

un ratón ha entrado

en la casa.

–No –dijo Oliver.

–Tal vez –dijo Papá–,

es una oruga.

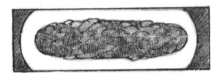

–No –dijo Oliver.

–O quizás un pepino –dijo Papá.

–No –dijo Oliver.

–¡Ah, ya sé! –dijo Papá–,

es una pala mecánica.

–No, no –dijo Oliver.

–Entonces, será una albóndiga

–dijo Papá.

–No –dijo Oliver.

–Me doy por vencido –dijo Papá–.

¿Qué podrá ser? Dímelo, por favor.

–Soy yo, tu Oliver –dijo Oliver.

Papá levantó la colcha

que cubría la cara de Oliver.

–Pues sí que lo es –dijo él.

Papá le dio un abrazo,

un beso de buenas noches,

y lo arropó bien.

–Buenas noches, mi pequeño Oliver

–dijo él.

–Buenas noches, Papá –dijo Oliver.

Y se durmió en seguida.